AMOR
ÍNDIO

© Rui de Oliveira, 1999

Reservam-se os direitos desta edição à
EDITORA JOSÉ OLYMPIO LTDA.
Rua Argentina, 171 – 3º andar – São Cristóvão
20921-380 – Rio de Janeiro, RJ – República Federativa do Brasil
Printed in Brazil / Impresso no Brasil

Atendimento e venda direto ao leitor:
mdireto@record.com.br
Tel: (21) 2585-2002

ISBN 978-85-03-00684-2

Adaptação gráfica para livro: Rui de Oliveira
Programação visual: Marcelo Ribeiro
Editoração eletrônica: Due Programação Visual

Livro revisado segundo o novo Acordo Ortográfico da Língua Portuguesa.

CIP-Brasil. Catalogação-na-fonte
Sindicato Nacional dos Editores de Livros, RJ

O51a
5ª ed.
	Oliveira, Rui de, 1942-
	    Amor Índio / Rui de Oliveira – 5ª ed. – Rio de Janeiro: José Olympio, 2010.
	        il.:
	
	    1. Literatura infantojuvenil. I. Título.

CDD – 028-5
CDU – 087-5

10-1424

Rui de Oliveira

AMOR ÍNDIO

5ª edição

JOSÉ OLYMPIO
EDITORA

Rio de Janeiro, 2010

A Terra era um paraíso, onde os índios viviam livres
e felizes. Naquela época havia apenas dois reinos:
o Reino do Céu e o Reino da Terra.

No Reino da Terra, havia uma frondosa árvore que
chegava a tocar no céu. Nela, todo o universo nascia.
A bela índia Cuillac, filha do Rei da Terra, tecia embaixo
desta árvore sagrada o seu traje nupcial.
Ela estava prometida em casamento ao filho do
Rei do Céu, que era um bravo guerreiro.

No alto das montanhas, morava Conyra,
um índio solitário e apaixonado por Cuillac.
Por causa deste amor, ele foi amaldiçoado:
jamais poderia aparecer diante de sua amada
sob a forma humana.

Certo dia, transformado em pássaro,
Conyra resolveu revelar o seu amor
e o seu triste destino a Cuillac.
Ela diz que nunca poderia aceitá-lo,
por estar prometida ao filho do Rei do Céu.
Conyra, triste, voltou para a eternidade do gelo.
Aos poucos, porém, a bela índia se afeiçoava
àquele estranho animal.

Nas montanhas, o desditoso índio
foi procurar um feiticeiro, para tentar livrar-se
da sua maldição.

O feiticeiro deu-lhe, então, um fruto mágico que
Cuillac teria de comer. Na verdade, a romã que o bruxo entregou
a Conyra estava enfeitiçada. A promessa feita pelo feiticeiro foi a
de que o índio oferecesse a fruta a Cuillac, que, ao comê-la,
quebraria o triste encanto e ele voltaria
a ser como era – um belo rapaz.

Confiando no feiticeiro, Conyra retornou esperançoso à Terra
e foi em direção à sua amada.
Porém, ao morder o fruto, Cuillac caiu desfalecida, para
desespero de Conyra.
O pobre índio havia sido enganado pelo perverso ente das montanhas.
A romã, ao ser comida, engravidou a bela filha do Rei da Terra.
O triste destino dos dois enamorados estava assim traçado.

A ira e a vingança do Rei do Céu
não se fizeram esperar.
Seus guerreiros, ao verem a futura princesa caída, atiraram
flechas em Conyra, pensando que ele a havia matado.
O índio saiu urrando pela floresta com o corpo coberto de flechas.

Ante a misteriosa gravidez de Cuillac,
um terrível dilúvio se abateu sobre o Reino.

A Terra se tornou um grande oceano.
Apenas Cuillac e seu filho conseguiram escapar.

Até que um dia,
depois de procurar por todos os mares,

Conyra finalmente encontrou sua adorada Cuillac
vivendo numa ilha com seu filho.

E juntos voaram para a eternidade
até se transformarem na mais brilhante
das estrelas.